KB153326

GOOD THINGS ARE HERE

1. 내 인생의 궁극적인 목표

2. 그 과정에서 배워야 하는 것들

3. 그 과정에서 이루고자 하는 것들

4. 1년 뒤, 나의 모습을 구체적으로 그려보세요.

5. 3년 뒤, 나의 모습을 구체적으로 그려보세요.

6. 5년 뒤, 나의 모습을 구체적으로 그려보세요.

HAPPINESS
is
INSIDE ME

행복은 내 안에 있어

"

하루하루 긍정의 에너지로 나를 가득 채워줄
50개의 문장.
한 문장 한 문장 따라쓰면서 앞으로 더욱 빛날
나의 삶을 그려보세요.

"

과거는 바꿀 수 없습니다.
미래는 아직 당신에게 달려 있어요.

The past cannot be changed.
The future is yet in your power.

행복은 오직
내가 받아들이기로
결정할 때
존재합니다.

Happiness can exist only in acceptance.

조지 오웰 George Orwell

작가, 1903-1950

나에게 맞는 일을 찾고,
그 일을 해낼
기회를 잡는 것이
행복의 열쇠입니다.

To find out what one is fitted to do, and to secure an
opportunity to do it, is the key to happiness.

존 듀이 John Dewey

철학자, 1859-1952

내가 하는 일이
특별한 차이를 만든다고
생각하면서 행동하세요.
정말 그렇게 될 테니까요.

Act as if what you do makes a difference.
It does.

윌리엄 제임스 William James

철학자, 1842-1910

행복하세요.
그것이 현명하게
살아가는
방법입니다.

Be happy.
It's one way of being wise.

시도니 가브리엘 콜레트 Sidonie Gabrielle Colette

소설가, 1873-1954

올바른 마음가짐을 가진 사람은 반드시 목표를 이루게 됩니다.

Nothing can stop the man with the right mental attitude from achieving his goal.

토머스 제퍼슨 Thomas Jefferson

정치가, 1743-1826

어려움을
처음 마주할 때의
우리의 마음가짐이,
그 일을 성공적으로
극복하는 데
열쇠가 됩니다.

It is our attitude at the beginning of a difficult task which,
more than anything else, will affect its successful outcome.

윌리엄 제임스William James

철학자, 1842-1910

행복은
여행의 과정이지,
도착지가 아닙니다,

Happiness is not a state to arrive at,
but a manner of traveling.

마거릿 리 런벡 Margaret Lee Runbeck

작가, 1905-1956

당신의 꿈을 이루기에 늦은 시기란 결코 존재하지 않습니다.

It is never too late to be what you might have been.

조지 엘리엇 George Eliot

작가, 1819-1880

좋은 친구, 좋은 책, 그리고 평온한 상태: 이것이야말로 이상적인 삶입니다.

Good friends, good books and a sleepy conscience:
this is the ideal life.

마크 트웨인 Mark Twain

작가, 1835-1910

논리로는
A에서 B까지
갈 수 있지만,
상상력은
우리를 어디로든
데려다줍니다.

Logic will get you from A to B.
Imagination will take you everywhere.

알베르트 아인슈타인 Albert Einstein

물리학자, 1879-1955

모든 존재하는 것에는
아름다움이 있어요.
하지만 모든 사람이
그것을 보지는 못합니다.

Everything has beauty, but not everyone sees it.

공자 Confucius

철학자, 551 BC - 479 BC

인생은 짧아서
우리를 힘들게 만드는
사람들 속에서
헤맬 시간이 없어요.
어서 사랑하세요.
다정한 마음으로
삶을 채우세요.

Life is short and we have never too much time for
gladdening the hearts of those who are travelling the dark
journey with us. Oh be swift to love, make haste to be
kind.

헨리 프레데리크 아미엘 Henri Frédéric Amiel

철학자, 1821-1881

만족한 마음으로
삶을 되돌아볼 수 있다면,
인생을 두 번 사는 것과도
같습니다.

To be able to look back upon one's life in satisfaction,
is to live twice.

칼릴 지브란 Khalil Gibran

시인, 1883-1931

행복은 가진 것이
얼마나 많은지에
있기보다는,
인생을
얼마나 즐기는지에
달려 있어요.

It is not how much we have, but how much we enjoy,
that makes happiness.

찰스 스펄전 Charles Spurgeon
성직자, 1834-1892

행복은 평소 우리가
어떤 생각을 품는지에
달려 있습니다.
그러므로 당신의 격에 맞는
도덕과 합리적인 본성을
지켜야 합니다.

The happiness of your life depends upon the quality of
your thoughts: therefore, guard accordingly, and take care
that you entertain no notions unsuitable to virtue and
reasonable nature.

마르쿠스 아우렐리우스 Marcus Aurelius

로마의 황제, 121-180

매일 귓가를 스치는
짧은 노래를 듣고,
좋은 시를 읽고,
아름다운 그림 한 점을 즐기세요.
덧붙여, 가능하다면
멋들어진 말도 몇 마디 해보세요.

Every day we should hear at least one little song, read one
good poem, see one exquisite picture, and, if possible,
speak a few sensible words.

요한 볼프강 폰 괴테 Johann Wolfgang von Goethe
작가, 1749-1832

친절한 말은
큰 비용이 들지 않습니다,
하지만 많은 것을 해내는
힘이 있습니다,

Kind words do not cost much. Yet they accomplish much.

블레즈 파스칼 Blaise Pascal

철학자, 1623-1662

아침에 일어났을 때, 살아 있음이 얼마나 큰 특권인지 느껴보세요. 숨쉬고, 생각하고, 인생을 즐기고, 사랑한다는 것이.

When you arise in the morning, think of what a precious privilege it is to be alive — to breathe, to think, to enjoy, to love.

마르쿠스 아우렐리우스 Marcus Aurelius
로마의 황제, 121-180

행복은 겉으로
드러나는 것이 아니라,
우리의 마음에 달려 있어요.
우리의 소유물에 있지 않고,
우리 본연의 모습 그 안에
있습니다.

Happiness is inward, and not outward. and so, it does not
depend on what we have, but on what we are.

헨리 반 다이크 Henry Van Dyke

시인, 1852-1933

삶에는 단 한 가지
행복만이 있어요.
사랑하고, 사랑받는 것.

There is only one happiness in this life,
to love and be loved.

조르주 상드 George Sand

소설가, 1804-1876

당신의 꿈을 향해 자신 있게 나아가세요! 꿈꿔왔던 삶을 사세요.

Go confidently in the direction of your dreams!
Live the life you've imagined.

헨리 데이비드 소로 Henry David Thoreau

작가, 1817-1862

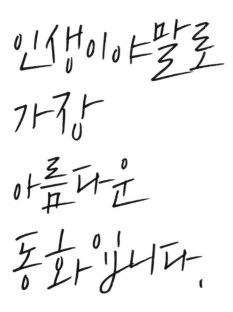

인생이야말로 가장 아름다운 동화입니다.

Life itself is the most wonderful fairy tale.

한스 크리스티안 안데르센 Hans Christian Andersen

동화작가, 1805-1875

성공은 최종 목표가 아닙니다.
실패했다고 끝난 것도 아닙니다.
계속할 수 있는 용기가 가장 중요합니다.

Success is not final. failure is not fatal.
It is the courage to continue that counts.

윈스턴 처칠 Winston Churchill

정치가, 1874-1965

특별한 기회를
기다리지 마세요.
평범한 일들을
멋진 기회로 만드세요.

Don't wait for extraordinary opportunities.
Seize common occasions and make them great.

오리슨 스웨트 마든 Orison Swett Marden

작가, 1850-1924

인생을 알기 위해서는 많은 것들을 사랑해야 합니다.

The way to know life is to love many things.

빈센트 반 고호 Vincent Van Gogh

화가, 1853-1890

행복은 당신의
생각과 말과 행동이
조화를 이룰 때
찾아옵니다.

Happiness is when what you think, what you say, and
what you do are in harmony.

마하트마 간디 Mahatma Gandhi

인도의 지도자, 1869-1948

꿈을 꿀 때는
삶이 영원한 것처럼
삶을 살 때는
오늘 죽을 것처럼
사십시오.

Dream as if you'll live forever.
Live as if you'll die today.

제임스 딘 James Dean

배우, 1931-1955

우리 의지대로
바꿀 수 없는 일을
걱정하지 않는 것이
행복에 이르는
방법입니다.

There is only one way to happiness and that is to cease
worrying about things which are beyond the power of our
will.

에픽테토스 Epictetus
철학자, 50-138

인생은 해결해야 할
문제가 아니라,
부딪혀 마주해야 할
현실입니다.

Life is not a problem to be solved,
but a reality to be experienced.

소렌 키에르케고르 Soren Kierkegaard
철학자, 1813-1855

언제나 밝은 곳을 바라보십시오. 그러면 어둠은 당신 뒤로 갈 것입니다.

Keep your face always toward the sunshine. and shadows will fall behind you.

월트 휘트먼 Walt Whitman

시인, 1819-1892

행복해지는 비법은
평범한 일들에서 행복을
찾아내는 능력에
있습니다.

The art of being happy lies in the power of extracting
happiness from common things.

헨리 워드 비처 Henry Ward Beecher

성직자, 1813-1887

인생의 흐름 속에
몸을 맡기고,
매 순간 영원을 느끼며
현재를 사십시오.

You must live in the present, launch yourself on every
wave, find your eternity in each moment.

헨리 데이비드 소로 Henry David Thoreau

작가, 1817-1862

대부분의 사람들은
그들이 행복하기로
마음먹은 만큼
행복합니다.

Most folks are as happy as they make up their minds to be.

에이브러햄 링컨Abraham Lincoln

정치가, 1809-1865

존재의 의미는
그 자체에 있는 것이 아니라
그것을 바라보는 우리의
태도에 달려 있습니다.

The meaning of things lies not in the things themselves,
but in our attitude towards them.

앙투안 드 생텍쥐페리 Antoine de Saint-Exupery

작가, 1900-1944

태도는
아주 사소한 것이지만,
큰 차이를 만듭니다.

Attitude is a little thing that makes a big difference.

윈스턴 처칠 Winston Churchill

정치가, 1874-1965

당신이 상상할 수 있는
모든 것은
현실이 될 수 있습니다.

Everything you can imagine is real.

파블로 피카소 Pablo Picasso

화가, 1881-1973

어리석은 사람은 멀리서 행복을 찾고, 현명한 사람은 자기 발치에서 행복을 키워갑니다.

The foolish man seeks happiness in the distance, the wise grows it under his feet.

제임스 오펜하임 James Oppenheim

시인, 1882-1932

모든 행복과 불행은
우리가 애착을 가지는
대상이 어떤 것인지에
달려 있습니다.

All happiness or unhappiness solely depends upon the
quality of the object to which we are attached by love.

바뤼흐 스피노자 Baruch Spinoza

철학자, 1632-1677

진정한 행복은
올바른 행동에서 오는 환희와,
새로운 것을 창조하는
열정에 있습니다.

True happiness comes from the joy of deeds well done,
the zest of creating things new.

앙투안 드 생텍쥐페리Antoine de Saint-Exupery

작가, 1900-1944

성공은 행복의 열쇠가
아닙니다.
행복이 성공의 열쇠입니다.
당신이 하고 있는 일을
사랑한다면,
당신은 성공한 것입니다.

Success is not the key to happiness. Happiness is the key
to success. If you love what you are doing, you will be
successful.

알베르트 슈바이처 Albert Schweitzer

의사, 신학자, 1875-1965

행복한 삶을 위한
세 가지 필수 요소는
할 일,
사랑할 대상,
희망할 무언가입니다.

Three grand essentials to happiness in this life are
something to do, something to love, and something to
hope for.

조지프 애디슨 Joseph Addison

작가, 1672-1719

가장 어리석은 행동은
어떤 형태의 행복이든
그것을 위해
건강을 희생하는 것입니다.

The greatest of follies is to sacrifice health for any other
kind of happiness.

아서 쇼펜하우어 Arthur Schopenhauer

철학자, 1788-1860

행복의 최우선 조건은
인간과 대자연의 연결이
끊어지지 않게 하는
것입니다.

One of the first conditions of happiness is that the link
between Man and Nature shall not be broken.

레프 톨스토이 Leo Tolstoy

작가, 1828-1910

가끔은 행복을 좇는 노력을 잠시 멈추고, 그저 행복해보는 것도 좋습니다.

Now and then it's good to pause in our pursuit of
happiness and just be happy.

기욤 아폴리네르 Guillaume Apollinaire

작가, 1880-1918

사람들은 걱정거리를 헤아리기를
좋아하지만,
기쁨은 헤아리지 않습니다.
만약 자신에게 존재하는 기쁨을
헤아려본다면,
이미 삶이
행복한 일로 가득하다는 것을
깨닫게 될 것입니다.

Man is fond of counting his troubles, but he does not
count his joys. If he counted them up as he ought to, he
would see that every lot has enough happiness provided
for it.

표도르 도스토옙스키 Fyodor Dostoevsky

작가, 1821-1881

당신은 한때
행복했던 공간이
행복을 가져다주었을 것이라
믿지만, 사실 행복은
우리 안에 있습니다.

You believe happiness to be derived from the place
in which once you have been happy, but in truth it is
centered in ourselves.

프란츠 슈베르트 Franz Schubert

작곡가, 1797-1828

삶이 지겨운가요?

당신이 마음을 다해 믿는 일에

스스로를 던져보세요.

그것을 위해 살고, 목숨을 바쳐보세요.

그러면 여러분은

결코 가질 수 없으리라 믿었던

행복을 찾게 될 것입니다.

Are you bored with life? Then throw yourself into some work you believe in with all your heart, live for it, die for it, and you will find happiness that you had thought could never be yours.

데일 카네기 Dale Carnegie

작가, 1888-1955

인간은 끝없는 불의에 맞서서
정의를 주장해야 하고,
슬픔의 세계에 맞서서
행복을 창조해야 합니다.

Against eternal injustice, man must assert justice, and
to protest against the universe of grief, he must create
happiness.

알베르 카뮈 Albert Camus
작가, 1913-1960

내 안에서 행복을 찾는 건
어려운 일입니다.
하지만 다른 곳에서
행복을 찾는 건
완전히 불가능합니다.

It is difficult to find happiness within oneself,
but it is impossible to find it anywhere else.

아르투어 쇼펜하우어 Arthur Schopenhauer

철학자, 1788-1860

행복은 무엇을 하느냐가 아니라,
어떻게 하느냐입니다.
실재하는 무엇이 아니라,
사람마다 다르게 가지고 있는
재능입니다.

Happiness is a how, not a what.
A talent, not an object.

헤르만 헤세 Hermann Hesse
작가, 1877-1962

인생의 가장 큰 행복은
우리가 사랑받고 있음을
확신하는 것입니다.

Life's greatest happiness is to be convinced we are loved.

빅토르 위고Victor Hugo

작가, 1802-1885

*Happiness
depends upon ourselves.*

행복은 우리 자신에게 달려 있어요.

"

세상의 모든 것은 나의
마음에서 비롯됩니다.
어떤 일이든 해낼 수 있는 강한 존재인
나를 믿어주세요.

"

행복에 관한 짧은 글

1판 2쇄 발행 | 2024년 6월 10일

옮긴이 | 박그림

기획·편집 | 김수현
디자인 | 반반

펴낸이 | 김수현
펴낸곳 | 마음시선
이메일 | maumsisun@naver.com
인스타그램 | @maumsisun
ISBN 979-11-971533-6-5 12800